JN079280

日本一短い手紙

「時」

令和五年度の第三十一回 一筆啓上賞「日本一短い手紙『時』」（福井県坂井市・公益財団法人丸岡文化財団主催、株式会社中央経済社ホールディングス・一般社団法人坂井青年会議所共催、日本郵便株式会社協賛、福井県・福井県教育委員会・愛媛県西予市後援、住友グループ広報委員会特別後援）の入賞作品を中心にまとめたものである。

同賞には、令和五年四月五日～十月二十日の期間内に三万四〇六七通の応募があった。令和六年一月二十四日に最終選考が行われ、大賞五篇、秀作一〇篇、住友賞二〇篇、坂井青年会議所賞五篇、佳作一二二篇が選ばれた。同賞の選考委員は、小室等、佐々木幹郎、宮下奈都、夏井いつき、長澤修一、ゲスト選考委員パトリック・ハーランの諸氏である。

本書に掲載した年齢・職業・都道府県名は応募時のものである。

目次

入賞作品

大賞［日本郵便株式会社 社長賞］ 6
秀作［日本郵便株式会社 北陸支社長賞］ 22
住友賞 52
坂井青年会議所賞 96

佳作 110
あとがき 234

大賞

［日本郵便株式会社　社長賞］

ママへ

ママがぼくを産んだしゅんかんに、
ぼくの時がはじまった。

山田　小太郎
埼玉県　10歳　小学校4年

一筆啓上［ママへ　　］へ

ママがぼくを産んだしゅんかんに、ぼくの時がはじまった。

今年亡くなった祖父へ

火葬場から帰る車の中、
膝の上に小さい爺ちゃんが居て、
あぁ昔と逆だなって思ったよ。

西野　日菜
福井県　25歳　会社員

一筆啓上［今年亡くなった祖父　　］へ

火葬場から帰る車の中、膝の上に小さい爺（じっ）ちゃんが居て、ああ昔と逆だなって思ったよ。

なおちゃんへ

今日、一歩あるいたこと　ひみつね。
だって、その瞬間だけは、
ママにあげたいもの。

正村　まち子
岐阜県　75歳　保育士

一筆啓上

「なおちゃん」へ

今日、一歩あるいたことひみつね。だって、その瞬間だけは、ママにあげたいもの。

旅で出逢った日の妻へ

最終バスに乗り遅れたあのとき、
わざとゆっくり歩いていたんだ。
たぶん、君もね。

森山　高史
沖縄県　74歳　自営業

一筆啓上「旅で出逢った日の妻」へ

最終バスに乗り遅れたあのとき、わざとゆっくり歩いていたんだ。たぶん、君もね。

ばあちゃんへ

ケーキ残すの3年連続！
大好きって言ってたじゃんか。
花の水換えて線香立ててていくね。

神喰　雄太
新潟県　29歳　自営業

一筆啓上「ばあちゃん」へ

ケーキ残すの3年
連続！大好き。て
言ってたじゃんか
。花の水換えて線
香立てていくね。

大賞選評

選考委員　佐々木　幹郎

「時」というテーマを与えられて書くというのは、ものすごく書きやすいようで、実は書きにくい。今回の応募作を読んでいて本当にそう思いました。ですから、よく似たパターンの作品が非常に多かった。

でも、大賞に選ばれた作品を見てください。すべて違う、他に類例がないという作品ばかり5作品が選ばれています。そして、これは毎回言っていますが、手紙ですので重要なのは宛先です。宛先のはっきりしない手紙は、できるだけ除外したいというのが私たちの願いでした。

「ママへ」山田小太郎さんの作品。これは選考委員のほとんど全員が選んだのですが、時間というものは一体何なのかっていうことを、まず真正面から疑問に思って、ママが僕を産んだ瞬間に僕の時が始まったんだというこの発見ですね。10歳が「あ、そういえばそうなんだ」と。時間というものを我々は非常に観念的に考えているけれども、自分にとって時間、時が始まったのはいつなんだろうと考えたら、確かに生まれた時からなんだと。その生まれたということからしか、自分にとっての時間が動いていかないんだっていうその発見がとても新鮮だと思いました。

次に西野日菜さんの「今年亡くなった祖父へ」ですが、小さい時におじいちゃんの膝の上に乗って甘えていた、そのおじいちゃんが亡くなって今は骨壺を自分の膝の上に置いて火葬場から帰る。私にも最近経験があるのですが、骨壷というのは、実はものすごく重いんです。火葬場で骨壺へお骨を入れる時に、関西の場合は小さな骨壷にお骨を全部入れないで、残りの部分は共同埋葬されます。ところが関東の場合はもう粉の一つも全て骨壺の中に入れるんですね。ですから一人で持てないぐらいに重たいんです。私はそれを持って自宅まで帰る時に、何と重いんだろうと思って。今も自宅に骨壺は置いたままなんですけれども、それがありありと見えてきて、昔と逆だなと思ったよというのが切ないほどよく分かりました。亡くなったおじいちゃんにどうしてもそのことを伝えたかった、小さい時に膝の上に乗せてくれたおじいちゃんにありがとうと言いたかった、これは手紙でしか言えないですよね。

次に正村まち子さんの「なおちゃんへ」。これは美しい言葉だと思いました。小さいなおちゃんが初めて一歩歩いた、しかし保育士である自分がそれをお母さんに伝えるよりも、あるいはなおちゃんがそのことをお母さんに伝えるよりも、家に帰ってお母さんの目の前で一歩歩いて見せる。その瞬間の喜びをどうしてもお母さんに味わってほしい。とっても良い言葉、良い手紙だと思いました。

次の作品は宛先がかなり凝っているんです。森山高史さんの「旅で出逢った日の妻へ」。妻へ出した手紙だけど、結婚する前、旅で出逢った日の妻なんですね。これは過去の話です。74歳になるまで、たぶん奥さんには確かめてなかったんじゃないか。奥さんもバス停までゆっくり歩いていたことをもう忘れてしまっている。ですからその奥さんに向けて、過去の君へ、あのとき僕は君といたいからゆっくり歩いていたんだよ、君もそうだったよねと確かめようとした手紙です。非常に操作が複雑ですけれども、むちゃくちゃロマンが込められていると思いませんか。時間というものはそういう風にして振り返ることができるんですね。私も70歳を超えていますが、50年の時間ってあっという間に過ぎますから。いつか確かめようと思っていても、気がついたらもう半世紀以上経っている。その時間を遡ると、お互いにわざとゆっくり歩いていた時間に出会う。これが時間の面白さなんだということを、微笑ましく感じさせられました。

最後も面白いんです。「ばあちゃんへ」神喰雄太さん、これはおばあちゃんが亡くなって三周忌かもしれません。ケーキをおばあちゃんの仏壇に供える、だって大好きって言ってたんだからって。それで花の水を換えて、線香を立て、おばあちゃんに呼びかけている。大賞の五篇の中で死を扱ったものが2篇ありますが、全く取り扱い方が違います。「ばあちゃんへ」はとっても明るい。そして西野日菜さんの「今年亡くなった祖父へ」はおじいちゃんに対する切ない懐かしさ。これもやっぱり手紙で書き、言葉で伝えたい思いです。

五篇全体の中で、今年の「時」、時間というテーマが、こんな風に広がって私たちは生きている間に一つの宇宙を作っているんだっていうことを、つくづく教えていただきました。

（入賞者発表会講評より要約）

秀作

［日本郵便株式会社　北陸支社長賞］

お父さんへ

三年前、
お父さんが海外に行く時の
「泣かない」約束。
今破っちゃった。
お帰りなさい！

中村　大地
千葉県　11歳　小学校6年

三年前、お父さんが海外に行く時の約束「泣かない」。今破っちゃった。お帰りなさい！

【おバケちゃん】へ

おこられてる時へ

お母さんにおこられている時、
ぼくは頭の中で歌を歌う。
あぁもう五曲目だ。

田中　翔太
東京都　11歳　小学校6年

一筆啓上 「おこられてる時」へ

お母さんにおこられている時、げんきは頭の中で歌を歌う。あもう五曲目だ。

妻へ

よく手を繋いでくれると思ったら、
転倒防止だって？
嬉し哀し、時の流れを実感です。

竹下　守雄
大阪府　72歳

一等賞上「妻　」へ

よく手を繋(つな)いでくれると思ったら、転倒防止だって？嬉し哀(かな)し、時の流れを実感です。

天国の父さんへ

20年、待ちくたびれた？
でもね、母さん彼氏ができたって。
当分そっち行かないよ～

在原　登喜子
埼玉県　56歳　会社員

一筆啓上
「天国の父さん」へ

20年、待ちくたびれた？
でもね、母さん彼氏ができたって。
当分そっち行かないよ～

ままへ

わたしは、1ねんせいになりました。
むらさきのランドセル
てんごくからみえますか。

山口　結衣
石川県　6歳　小学校1年

まへ

わたしは、1ねんせいになりました。むらさきのランドセルでんごくからみえますか。

母さんへ

居間の暦がめくられなかった四ヶ月。
それだけ深かったんだね、
亡き父さんへの思いが。

高坂　素行
東京都　56歳

一筆啓上「母さん」へ

居間の暦がめくられなかった四ヶ月。それだけ深かった。

たんだね、亡き父さんへの思いが。

日本の義父母へ

初めて接した外国人は
息子嫁の私ですね。
19年経てみて、どう？
悪くないでしょ？

尾島　亜文
広島県　54歳

一筆啓上［日本の義父母］へ

初めて接した外国人は息子嫁の私ですね。19年経てみて、どう？悪くないでしょ？

神様へ

私は平均寿命越えました
この後生きていたら
残業手当てがつきますか？
　がめつい婆より

山岸　紀久子
福井県　90歳

一筆啓上「神様」へ

私は平均寿命越えましたこの後生き（あと）ていたら残業手当てがつきますか？

がめつい婆より

家族へ

時間が欲しいと言ったら
母は砂時計、妹は日付印をくれた。
忙しいのに笑った。

岸野　由夏里
京都府　47歳　会社員

家族へ

時間が欲しいと言ったら母は砂時計、妹は日付印をくれた。忙しいのに笑った。

友達へ

時間が解決するという言葉は願いに近い。
だから僕は謝るという魔法を使いたい。

都築　悠雅
高知県　17歳　高校3年

二年四十［友達］へ

時間が解決すると
いう言葉は願いに
近い。だから僕は
謝るという魔法を
使いたい。

秀作選評

選考委員　宮下　奈都

じつは「時」というテーマはむずかしいのではないかと考えていましたが、さまざまな角度から色とりどりの「時」が切り取られていて、予想以上に心を動かされながら選考することになりました。

最初の「お父さんへ」。11歳の男の子の作品ですが、技術的に非常にレベルの高い一作だと思います。3年前と、今現在、二度鮮やかに「時」というものが現れてきて重なる。11歳にしてこんなふうに書けるんだなと感心しました。しかも、ちゃんと11歳の可愛さも生かされています。いい息子さんといいお父さん、家族の良い関係まで浮かび上がってくる作品でした。

「おこられてる時へ」。こちらの作者も11歳の男の子です。こちらは一転して、日常を切り取った、素直で好感度の高い作品だと思います。少し特殊な宛名については選考会で議論になりましたが、普通だったら「お母さんへ」と書いてしまいそうなところを、この内容だからお母さん宛てにはしなかったんじゃないかと読みました。そこに作者の誠実さが表れているように思っています。

次に「妻へ」。ユーモアと、少し切なさもある作品です。若い頃には手をつないでいたけれど、しばらく手をつなぐことのない時期も経て、今また手をつなぐというこの2人に流れている「時」、積もっている「時」を感じさせてくれました。72歳という年齢を考えると、転倒防止というのはもしかしたら照れ隠しなのかも、などと感想や意見が出て、選考会が温かい空気に包まれました。

「天国の父さんへ」。今回は「時」というテーマだったせいか、死を扱った作品が多かったように思います。これもその一つですが、見せ方に工夫があったことが高評価につながりました。死を書きながら生をいきいきと感じさせられる作品です。彼氏ができて楽しく暮らしているお母様も、娘である作者も、そして天国のお父様も、きっと幸福だと思いました。

最後に「ままへ」。これは選考委員全員から高い支持を受けた作品です。むらさきのランドセルが天国から見えますかという、本当に一幅の絵が浮かぶような、悲しさと明るさの混じった美しい手紙だと思いました。そして、しっかりと時も感じさせますね。天国にいるままに、もう1年生になったよって報告ができている。このお嬢さんの人生に幸多かれと心から願います。

（入賞者発表会講評より要約）

秀作選評

選考委員　夏井　いつき

手紙の審査をしている時、言葉は正しく伝達をする機能と、自分を表現したいという機能の2通りあるということを毎回思います。良い作品というのは正しく伝達しているだけじゃなく、その向こうに奥行きがあったり、しみじみと読み手の心を打つ表現行為の部分が豊かにあったりすると、それが結局心に残ってくるんだなと思うのですが、そういう意味で「母さんへ」の手紙は言いたいことはきちんと伝達できている上に、家族環境みたいなのも立ち上がってくるんですよね。この56歳の息子さんは一緒に暮らしているわけじゃなくて、お母さんの様子を見に実家に帰ってみるときちんと家事もこなしていたあのお母さんが、暦を4ヶ月めくってないということにハッと気づく。お母さんにとってのその4ヶ月という時間がどういうものであったかということを、息子さんの目を通して私たちはしみじみと感じてしまうんですよね。言葉にされた瞬間に、私たちの心の中に彼の思いが流れ込んでくる。「亡き父さんへの思いが。」の後の余白の部分も味わいとして十分機能する、いい作品だなと思います。

それから今回のテーマが「時」だという理由もあるのですが、数詞というのはとても大きな情報を持っております。次の「日本の義父母へ」の作品ですが、読んだ瞬間に外国人に接したことのないお父さんとお母さんの思いが、最初は決して温かいものではなかったに違いないと、書いてないけれどもちゃんと伝わってきますよね。そしてこの亜文さんがどんな思いで、どんな決意で、どんな愛を持ってこの息子さんと暮らすということを選択したか、それも最初の一文だけでもう伝わってしまう。そしてその後の数詞です。「19年経てみて、どう？悪くないでしょ？」ここに息子嫁としてどれだけ義理のお父さんお母さんを愛して尽くして思いやってきたかという矜持、これは開き直りじゃないと思いますよ。さらに義理のお父さんお母さんにこうやって言えるということ自体が、それまでの亜文さんの思いとか行動とか両親との人間関係とかそういうものもちゃんと語っていますよね。お名前が漢字になっているのもその覚悟ではないかな。ぜひ顕賞式でお会いしたいです。

そして次、「神様へ」、90歳の方です。平均寿命越えましたよって、「この後生きていたら残業手当てがつきますか？がめつい婆より」と、ケラケラ笑いながら言えるおばあちゃんって憧れですね。残業手当という言い方で、ここからの余生というものを送る明るい覚悟と言うんでしょうかね。今回の受賞作品で一番年齢の高い方の作品でしたが、幸せな残業手当がつくことを心から祈りたいなと思いました。

その次の「家族へ」の作品、私こういう家族本当好きだなと思って。時間が欲しい、時間が欲しいと由夏里さんはしょっちゅう言っているわけですよね。家族がもっと手伝ってくれたら、みたいなそんな思いもお持ちなんじゃないでしょうか。ところがお母さんは平然と砂時計、妹さんは日付印をプレゼントして、時間ごまかしたらどうみたいな。ユーモアを持って砂時計と日付印をプレゼントしてくれるこの家族がどういうご家族なのかということが手に取るようにわかります。そして最後の「忙しいのに笑った。」と。少々家事手伝ってほしいとか跳ね付けるんじゃなく、忙しいのに笑う由夏里さん。好きだな、こういう人。この作品は、選考会で皆さん賛同してくれないんじゃないかなと恐る恐る「これどう？」って聞いたら、思いのほかみんなが賛成してくれたのでとても嬉しかったです。

それから最後の「友達へ」、17歳の高校生ですね。時間が解決するという言葉は願いに近いと、もうこれだけで素晴らしい一つの心理というか、真実というかそういう言葉だと思いますね。大人はいずれ時間が解決するって言うけれども、それは本当に叶うかどうかわからない願いのようなものではないかと17歳がはたと思うわけですよ。「だから僕は謝るという魔法を使いたい。」と。手っ取り早く謝りゃいいじゃないかとそういうふうに認識をする、なんて素晴らしいでしょう。この作品に対しては、魔法という言葉がいいのか悪いのか、魔法じゃなくてもうちょっと違った表現をすると、さらに表現行為の部分でこの作品は良くなるんじゃないかな、というご意見もありました。俳人として私も魔法というふわふわした言葉はあまり好きではないので、評価したいけど魔法という言葉が引っかかっていました。でも、詩人である佐々木さんが「この子は本気で謝って、ギスギスしちゃった友達との関係がまるで魔法のように改善された。本当にこれは魔法じゃないかと思ったんだろう」と。佐々木さんのこの発言で大きく空気が変わったと思います。

（入賞者発表会講評より要約）

住友賞

おうちの人へ

ぼくが
「こどものころがなつかしい」というと、
わらうのはどうしてなのですか。

強矢　理玖
埼玉県　6歳　小学校1年

一筆啓上「おうちの人　」へ

ぼくが「こどものころがなつかしい」というと、わらうのはどうしてなのですか。

お母さんへ

幼い頃から何かおとしたりすると
「やると思った」って言うけど
する前に言ってよ。

夷塚　柚奈
青森県　13歳　中学校2年

一筆啓上［　お母さん　］へ

幼い頃から何かおとしたりすると「やると思った」と言うけどする前に言ってよ。

ママへ

時間を大切にしなさいって
ママは言うけど、
ママにおこられてる時間が
一番むだだと思う

高橋　愛唯
福井県　9歳　小学校4年

一筆啓上

時間を大切にしなさいってママは言うけど、ママにおこられてる時間が一番むだだと思う

ママへ

市長さんへ

僕が大人になる頃
この地にどれだけ自然が残る？
開発続きの風景に、
毎日心が痛むねん。

多鹿　琉誠
兵庫県　13歳　中学校1年

一筆啓上［市長さん　　］へ

僕が大人になる頃
この地にとれだけ
自然が残る？開発
続きの風景に、毎
日心が痛むねん。

奈良県の大学に通っていたお姉ちゃんへ

大学に通っていた頃を
奈良時代と訳して話すの
ややこしいのでやめてほしいです。

杉本　陽代里
島根県　20歳　専門学校3年

一筆啓上

「奈良県の大学に通っていたお姉ちゃん」へ

大学に通っていた
頃を奈良時代と訳
して話すのやこ
しいのでやめてほ
しいです。

お母さんへ

お化粧に、
そんなに時間をかけなくても
十分カワイイから、
早く出かけよう。

森永　夏子
福井県　11歳　小学校5年

一筆啓上「お母さんへ　　」へ

お化粧に、そんなに時間をかけなくてもナ分カワイイから、早く出かけよう。

友達へ

昔の友達と遊ぶ約束をした。
いつの間にか集合場所が
公園から居酒屋に変わっていた。

小出　華
東京都　20歳　大学2年

一筆啓上　［友達　］へ

昔の友達と遊ぶ約束をした。いつの間にか集合場所が公園から居酒屋に変わっていた。

ままへ

おとうと二人のひるねじかん。
やっとわたしだけのママと二人で
女の子じかんだね。

きた川　花な
福井県　8歳　小学校2年

一筆啓上［まま］へ

おとうと二人のひるねじかん。やっとわたしだけのママと二人で女の子じかんだね。

ビール好きのママへ

5才くらいになったら、
ビールのめるから、
ママ、いっしょにのもうね。

園田　みくり
千葉県　4歳

一筆啓上

ビール好きの

「ママへ」

大きくらいになったら、ビールのめるから、ママ、いっしょにのもうね。

恩師の先生方へ

毎日のように職員室に呼ばれては
指導されていた私が
来年同僚として職員室へ行きます。

溝口　大地
福岡県　24歳　大学4年

一筆啓上［恩師の先生方］へ

毎日のように職員室に呼ばれては指導されていた私が来年同僚として職員室へ行きます。

失恋後の私へ

振られたアイツは
世界一じゃないから大丈夫。
その後出会って
結婚する男が世界一だから

髙橋　陽子
茨城県　28歳　主婦

一筆啓上［失恋後の私　］へ

振られたアイツは
世界一じゃないから大丈夫。その後
出会って結婚する
男が世界一だから

じぶんへ

時のながれはとってもはやいよ。
ぼーっとしてるとよるになる。

小瀬村　忠
神奈川県　7歳　小学校2年

時のながれはと
ってもはやいよ。
ぼーっとしてる
とよるになる。

5年前天使になった娘へ

タンスを開けたら
貴女の匂いが残っていた。
顔をうずめてぎゅっとした。
会いたいです。

藤田　裕美子
富山県　55歳　公務員

一筆啓上

「5年前天使になった娘」へ

タンスを開けたら
貴女の匂いが残っていた。
顔をうずめてぎゅっとした。
会いたいです。

おばあちゃんへ

おばあちゃんが、
昔(むかし)は子(こ)どもだったなんてふしぎ。
ずっとおばあちゃんだと思(おも)ってたよ。

芦野　巧実
福井県　7歳　小学校2年

一重図上

［おばあちゃん］へ

おばあちゃんが、
昔は子どもだったな
んてふしぎ。ずっと
おばあちゃんだと
思ってたよ。

おばあちゃんへ

「行き過ぎた道は戻れるが
言い過ぎた言葉は口に戻せない」
時と言葉は同じだね。

東條　和代
大阪府　54歳　会社経営

おばあちゃんへ

「行き過ぎた道は戻れるが　言い過ぎた言葉は
口に戻せない」時と言葉は同じだね。

二十年前の私へ

息子達が幼い時、
早く自分の時間が欲しかった。
巣立った今、
あの時が一番幸せだった。

蒔田　奈保子
長野県　50歳　会社員

一筆啓上［二十年前の私］へ

息子達が幼い時、
早く自分の時間が
欲しかった。巣立
った今、あの時が
一番幸せだった。

お母さんへ

ごめんね。
三年前はお姉ちゃんと
お母さんのとり合いだったけど、
今は譲り合いなの。

野中　いろは
熊本県　13歳　中学校2年

一筆啓上

お母さん

ごめんね。三年前はお姉ちゃんとお母さんのとり合いだけど、今は譲り合いなの。

小児科の先生へ

子の発達を心配すると先生は
「待てませんか？」と。
時を受け入れるのも育児ですね。

林田　美知代
千葉県　58歳　主婦

一筆啓上［小児科の先生］へ

子の発達を心配する

ると先生は「待てません？」と。

時を受け入れるのも育児ですね。

おかあさんへ

この前ね、
おかあさんが小さいときの
しゃしんをみつけたよ。
わたしかと思っちゃった

大久保　結星
福井県　7歳　小学校2年

一重啓上「おかあさん」へ

この前ね、おかあさんが小さいときのしゃしんをみつけたよ。わたしかと思っちゃった

ばあちゃんへ

「昔はね…」といつも言うけど、
ねぇばあちゃん。
「今はね…」と言いたいわ。

星野　七海
福井県　11歳　小学校5年

一筆啓上「ばあちゃん」へ

「昔はね、ここ」と言いつも言うけど、ねえばあちゃん。」

「今はねここ」と言いたいわ。

住友賞選評

選考委員　長澤　修一

一筆啓上賞の選考に関しては、昨年11月に住友グループ広報委員会のメンバーが、応募作品３４,０６７通全作品を読み、一次・二次選考にて５０３作品に絞り込みを行いました。最終選考では、選考委員の方々がそれぞれの見地から侃々諤々議論した中で大賞や秀作が選ばれる訳ですが、その過程において様々な理由で惜しくも大賞を逃してしまった作品の中にも、各選考委員が感銘を受けたものがあります。この住友賞では、それらの思い入れのある作品や、一次・二次選考の住友グループ広報委員会メンバーの中で、評価の高かった作品を中心に20篇を選ばせて頂きました。結果的に、比較的若い世代の作品が８割を占める形となりました。

主な作品を紹介します。最年少４歳の園田みくりさんの作品では、ビール好きのママに「大きくなったらね」と言われたのでしょうか、「じゃあ５歳になったら一緒に飲もうね」と、早く大好きなママと楽しい時間を過ごしたいという願いが伝わります。小学生の小瀬村忠さんは、時の流れは速い、ぼーっとしているとあっという間に夜になるとして、仕事に追われる大人とは違い、同じ時の流れでも子供らしい感性の伝わる作品でした。また中学生になると、多鹿琉誠さんの作品のように、大人になる頃どれだけ自然が残るのだろうか、開発続きの風景に心が痛むと、将来の地球環境に危機意識を持つようになります。我々はビジネスの中で地球環境や社会課題にいかに貢献できるかということを考えながら仕事をしているわけですが、中学生でこの視座の高さは、頼もしい限りです。更に大学生になると、溝口大地さんの作品のように、学生だった立場から今度は教える立場になって職員室に行くというような成長していく姿も見られます。また、蒔田奈保子さんの作品では、子供の目線ではなく、親の目線になって、子育て時代の自分と子供が巣立った今の自分とを比較して、子供達の成長を振り返るような作品になっています。

一篇一篇は別々の方が書かれているものですが、幼稚園児から大学生へと歳を重ねる中で、視野が広がって視座が高まり、更には子供目線から親の目線に移っており、それぞれの作品の「時」を辿ることで、人が成長していくドラマが目に浮かんでくるようで、心を打たれました。今年も、多くの素晴らしい作品に出会えたことに感謝いたします。

（入賞者発表会講評より要約）

坂井青年会議所賞

母へ

若(わか)くてきれいなころに
もどりたいですか。
でもまだぼくは生(う)まれてないので、
だめだよ。

原田　せな
福井県　10歳　小学校5年

一筆啓上［母へ］

若くてきれいなころにもどりたいでしょうが。でもまだぼくは生まれてないので、だめだよ。

時間のかみさまへ

ぼくは、あそぶことが大すき。
ぼくにだけそっと一日の時間を、
長くしてください。

前田　詠大
福井県　7歳　小学校2年

一筆啓上「時間のかみさま」へ

ぼくは、あそぶことが大すき。

ぼくにだけそっと一日の時間を、長くしてください。

ママへ

子どものころのママと遊んでみたい。
時を動かせたら、おもしろいのに。

伊勢　芳乃
福井県　10歳　小学校4年

一筆啓上

ママ

子どものころのママと遊んでみたい。時を動かせたらおもしろいのに。

東きょうのじいじへ

やっと会えるね。
ぼくは十三キロもおもくなったよ。
じいじはどのくらい大きくなった？

あさぬま　あきと
福井県　7歳　小学校2年

一筆啓上［東きょうのじいじへ］

やっと会えるね。
ぼくは十三キロも
おもくなったよ。
じいじはどのくらい
大きくなった？

ママへ

こころがモヤモヤするとき、
ママのみみかしてね。
おねえちゃんもたいへんなんだから。

細田　結楽
福井県　6歳　小学校1年

一筆啓上「ママへ」

こころがモヤモヤするとき、ママのみみがしてね。おねえちゃんをたいへんなんだから。

ゲスト選考委員　選評

選考委員　パトリック・ハーラン

選考委員になって大好きな福井、大好きな坂井市に来れて、そして大好きになった手紙とこれだけの時間を一緒に過ごせるなんて本当に幸せだなと思いました。

僕はお笑い芸人としていろんな笑えるポイントに集中して評価したいなと思って、自分の家族にも意見を聞きながら選考したんですよ。その時にも笑いがいっぱい起きて、ちょっと泣くところもあった。きみの口調にそっくりだなぁと反抗期の息子に言ったりして。その時も僕の中で貴重な体験だったなと振り返ってみて思います。

そして最終選考会では選考委員の皆さんと初顔合わせで議論させていただきました。皆さん穏やかそうに見えるんですけど、すぐに丁々発止の現場へと化しました。こんなに仲良く激論できるメンバーに恵まれた、そして激論をさせてくれる材料に恵まれたなと、あの時もすごくいい体験でした。

その後の反省会という名の宴会でも、食卓を囲んで皆さんで、また手紙について語り合ったんですよ。シンガーソングライター、詩人、作家、俳人、部長そして芸人という様々な立場からの捉え方も違って、みんなそれぞれの受け入れ方、自分の人生、自分のお母さんとかお父さん、子ども、友達との関係、今までの経験など自分の要素と照らし合わせて感じてくるものがそれぞれ違うんだなぁと思いました。僕も気付いていないところをいっぱい気付かせてもらって、その発見に目を光らせる瞬間がとても良かったです。手紙を介して戦友になったと感じるところもありました。

勉強不足で申し訳ないですが、選考委員に選ばれるまで日本一短い手紙のことは知りませんでした。「一筆啓上」の手紙もこの賞のおかげで初めて知ったんですが、正直、本物の「一筆啓上」の手紙より審査に上がったものの方が圧倒的にいい手紙だと思いますよ。でも「一筆啓上」の手紙がこのコンクールのきっかけになっただけで感謝ですね。日本で手紙の文化を大事にするきっかけをつくってくれてよかったと思います。

今回、手紙の力ってとんでもないなと感じました。皆さんも自分の家で作品集をめくって、手紙から何が感じてくるのか、ぜひその人それぞれの、その時々の実感、痛感を味わっていただきたいなと思います。

（入賞者発表会講評より要約）

佳作

入院中の妻へ

「きのう、動物園、楽しかったね」
三歳の孫は、過去を全部
「きのう」って言うんだ。

工藤　哲治
青森県

時へ

相対性理論で時はゆがむんだって。
時がゆがんで、
中学校が終わらなければいいのに。

巴 颯野
青森県 15歳 中学校3年

みなと君へ

まだ帰らないよねと
何度も言ってくれる
それがとっても嬉しい
幸せな時間ありがとうね

佐藤　安子
岩手県　65歳　主婦

再生の海へ

祖母に、おんぶして見た
黒い景色から十三年。
祖母の背を越し、
青い海見て感極まる。

後藤　颯太
宮城県　13歳　中学校1年

仕事人間のお父さんへ

「時間は大切にしろ」と言うけど、
「家族時間」を大切にしていないのは
お父さんだぞ。

菅原　汐
宮城県　12歳　中学校1年

母の靴へ

ふと玄関を見ると
お母さんの靴が
一番小さくなっちゃったね。

新田　元子
宮城県　74歳　主婦

あなたへ

いつしか「おじゃまします」が
「ただいま」に変わった。
私の帰れる場所をありがとう。

佐藤　ことみ
秋田県　24歳　大学院1年

シベリアからの父ちゃんへ

浅黒い男の人が帰宅した
「母ちゃんあの人いつ帰るの…」
母は涙を拭いた
四才の夏だった

中山 輝雄
福島県 80歳

大好きな彼女へ

一緒にいる時間を大切にしたい。
耳が聞こえない自分を
好きになってくれてありがとう。

小松　亜冴陽
茨城県　18歳
聾学校高等部3年

父へ

山頂で吹いていた風、
お父さんの匂いがした。
分かってる。
心配でついて来たんでしょ。

鈴木　貴子
栃木県　63歳　主婦

天国の旦那へ

「迎えに来ても行かない」と
泣いて誓ったあの日から、
あなたより随分年上になりました

山﨑　久子
群馬県　59歳　会社員

久しぶりに会った人へ

久しぶりに会った人に
「もう大人ね」と言われます。
大人になったのは、料金だけです。

近藤　亘
埼玉県　14歳　中学校2年

今年二十歳になる息子へ

ママ、ババァ、お前と変遷した呼び名。
下宿して一年後やっと言えたお母さん。
祝二十歳

高岸　信子
埼玉県　53歳　介護ヘルパー

お母さんへ

子供の時から
預けっぱなしのお年玉を
返してほしいです。
私、もう還暦です。

高野　由美
埼玉県　59歳　主婦

先生へ

待合室2時間、苛々。
診察2分、ムカムカ。
で、「順調ですね」の2秒は、
ズルいです。

奈良 徹
埼玉県 50歳 会社員

小さくなったベビー服へ

着られなくても汚れていても
本当は全部とっておきたいの。
大事な時が染み付いてるから

福田　麻里奈
埼玉県　31歳　医師

家族へ

お母さん
大変な時手伝ってくれてありがとう。
お姉ちゃん
大変な時邪魔しないで。

細田　桃加
埼玉県　13歳　中学校2年

十年前に生まれた長男へ

八時三十六分に生まれた君。
こんなにハッキリと覚えている時刻は
他にはないよ。

枝 倫央
千葉県 39歳 会社員

パパへ

パパといっしょにねるときがすきです。
パパが、やさしくて、あたたかいからです。

草野　楓
千葉県　6歳　小学校1年

18さいのじぶんへ

ままからおとしだまを
ぜんぶかえしてもらったかな？
おかねもちになっているかなぁ。

松坂　聖
千葉県　6歳　小学校1年

ママへ

せかさないで。
今考え事してる大事な時なんだ。
いいアイデアはトイレでうかぶのさ。

小川　惺也
東京都　8歳　小学校2年

娘の告知をされた日の私へ

タイムマシーンに乗って
今すぐ伝えたい。
ダウン症のその子、
我が家の救世主になるよ。

酒井　美百樹
東京都　50歳
シンガーソングライター

ゲームを嫌う母へ

友達とのゲーム二時間。
勉強十分。
実はこれが同じ長さなんだ。
分かってくれるかな？

崎山　樹
東京都　13歳　中学校2年

18歳の息子へ

小さい頃は姿が見えなくなると
大泣きしていたあなた！
今は話しかけても聞こえないふり

佐藤　涼子
東京都　56歳　主婦

お父さんへ

私が退職した時
「よく耐えた」と一言。
お父さんはそれを
四十年もやってくれたんだね。

篠田　沙織
東京都　37歳　自営業

亡き母へ

あの時、僕をシゲちゃんと呼んだね。
親父と勘違いしてたんだね。
同じ呼名で良かった。

鈴木　茂雄
東京都　72歳

可愛い生徒たちへ

「先生何歳？」ひみつ！
「えーママと同じ30でしょ」
先生ね今年20歳のぴちぴちなんだよ

高田　莉愛
東京都　大学生

生意気で可愛い弟へ

生まれた時可愛かった弟よ、
9年経ちお前は信じられない程生意気だ。
時は時々残酷だ。

棚橋　春太
東京都　小学校6年

高二の兄へ

毎朝、洗面所にいる時間長過ぎない？
坊主頭なのに。

戸塚　渚那
東京都　13歳　中学校1年

1月に医学部受験を控える夫へ

「今更遅いでしょ」
そんな言葉に背を向けて、
一念発起する貴方に
ついていきます。

中野　満友
東京都　28歳　会社員

バアバへ

今はバアバが着ている、
小さくなったわたしの服。
なんで私より似合っているの？

古屋　日織
東京都　10歳　小学校5年

おにいちゃんへ

わたしは、あさ6じ4ぷんにうまれたよ。
おにいちゃんより、はやおきでしょ。

前田　陽菜乃
東京都　6歳　幼稚園年長

悩める自分へ

辛いことは時薬が解決してくれるよ。
だって一年前の悩みごとが
思い出せないもの

遠藤　京子
神奈川県　60歳　主婦

小学一年生になる妹へ

「あぎらとう」と言わなくなったね。
もう少し、幼子語録、
聞かせてほしいな。

佐藤　翠月
神奈川県　18歳　高校3年

厚生労働省へ

人生80年と思って50年間生きてきたのに、
急に100年と言われても困ります。

三宅　章子
神奈川県　56歳　パート

妻へ

緊急搬送され目が覚めた時
妻が一言
「生きていてくれてありがとう」
最高に嬉しかった。

大木　秀樹
山梨県　70歳
障がい福祉サービス
事業所支援員

亡き父へ

父ちゃんの遺した手帳を見たら、
毎日俺の帰宅時刻が…。
思わず、涙が出たよ。

中静　憲夫
新潟県　76歳

息子へ

「親がしてくれたように子供を育てたい」
親にとって最高の言葉だよ。
結婚おめでとう。

矢沢　秀子
新潟県　58歳　パート

時穂（娘）へ

幸せは時をかけて穂をつける。
辛いことは時が薬になる。
七年前そう願って名付けたよ。

中村　ゆかり
石川県　38歳　主婦

ままへ

ままにぎゅっとされるとね、
たまにあかちゃんのときに
もどりたくなるんだよ。

荒川　千乃
福井県　7歳　小学校1年

お父さんへ

お母さんが
「昔はかっこよかった。」と言ってますが
ぼくは今もかっこいいと思ってます。

北 ゆう生
福井県 9歳 小学校4年

神様へ

神様、三年前に時をもどして
お父さんにすぐ病院に行くように
伝えてください。

坂井　一路
福井県　12歳　小学校6年

ママへ

毎朝、同じ時間に外までみおくり
手をふってくれて、
うれしいけど少しはずかしいんだ。

阪野　暖真
福井県　8歳　小学校2年

パパへ

小さい時、
パパと結婚しようって約束したけど
ごめん、やっぱりむり。

下島　由暖
福井県　10歳　小学校4年

夫へ

貴方の余命を聞いた日
時よ止まれと願った
貴方が亡き後時よ過ぎてと願った
私勝手やね

田島　芳江
福井県　52歳　主婦

かもつれっ車へ

三時十五分、
じゅくのまどから見える
かもつれっ車。
いつもあついエールをありがとう。

田端　達生
福井県　8歳　小学校2年

母さんへ

この間ごめん。今日もごめん。
年齢が上がると口に出して謝れん。
やで、今後もごめん。

林　晃央
福井県　14歳　中学校3年

はぎわらせんせいへ

まだあてないで
こころのじゅんびしてるから
わたしのはっぴょうまってね

久田　世里菜
福井県　7歳　小学校2年

あまり会話をしない父へ

照れくさくて言えないけれど、
たまに他愛もない会話をする時、
実は内心うきうきです。

兵江　愛華
福井県　16歳　高校2年

ママへ

わたしが一人(ひとり)でねれるときまで、
もうすこしせまいけどがまんしてね。

廣部　真子
福井県　7歳　小学校2年

手紙の文化へ

「よろ」と入力(にゅうりょく)して
「よろしくお願(ねが)いします」
そんな時短(じたん)ができない
手紙(てがみ)が好(す)きです

福井　美津江
福井県　56歳　団体職員

あの日のママへ

あの日もっと早く
ママの病気に気づいていたらよかったね。
もっとママといたかったよ。

水上　りおう
福井県　9歳　小学校4年

おとうさんへ

勉強は時間せいげんがないのに、
ゲームは時間せいげんがあるのは
なぜですか。

森　季正
福井県　9歳　小学校4年

妻へ

初めて君を見たあの時
僕は恋に落ちました。
あれから幾星霜。
憑き物が落ちました。

山岸　誠
福井県　65歳

お母さんへ

小さい頃の、
金欠サンタさん
お母さんだったんだね。

可知　虎生志
岐阜県　14歳　中学校2年

父へ

職場体験で作った栗きんとん
冷凍すればいいってもんじゃないよ
早く食って。

川崎　恵澄
岐阜県　14歳　中学校2年

あの時の父へ

「大会を見に行かないで」
と言ったけど、
隠れて見ているのを本当は、
知ってたよ。

櫻井　源士
岐阜県　14歳　中学校2年

お母さんへ

中一で「反抗期こない」って言いはった。
中二できた。なんかごめん。

水野　莉夢
岐阜県　13歳　中学校2年

中学三年生の息子へ

まだその時じゃないって言うけど、君、明日テストだよね？

坂本　明美
静岡県　50歳　主婦

おじいちゃんへ

病気が見つかったね。
「俺は十分生きた。」って、
私には十七年しかくれないの。

鈴木　杏奈
静岡県　17歳　高校3年

上司へ

あなたがよく言う
タイム・イズ・マニー。
定時過ぎたら、
こっちのセリフです。

高橋　秀実
静岡県　29歳　会社員

余命1年半と宣告された23才の私へ

今は耐えろ耐えろ乗り越えろ！
先生達にしぶといって評判だよ。
20年後の笑顔な私より。

山村 愛
静岡県 43歳 自営業

息子へ

もう学校の先生になったのに、
毎朝「忘れ物は？」って聞いてごめん。
くせやねん。

木次　洋子
愛知県　主婦

5歳のきっちゃんへ

いつも「ゆりかねえ」と呼んでくれて
ありがとう。
ゆりかねえ、実は51歳なんです。

竹野　ゆり香
三重県　51歳　主婦

定年退職した上司へ

部長は仕事もせず
笑らわすだけでしたね。
同じ立場になり
皆を笑わす事すらできません。

平屋敷　幸一
三重県　45歳　会社員

怪我した時へ

腕を脱臼した時、
周りの風景がスローモーションになって
動いていたんだ。

福嶋　倭
三重県　16歳　高校2年

命を救ってくださった先生へ

先生、
25年前赤ん坊だった娘は今、
先生のいらっしゃった病院の
ナースなんですよ。

野瀬　昭代
滋賀県　55歳　パート事務

お父さんへ

お父さんも、子供の頃、
これを応募していたんだってね。
不思議な感じがするなあ。

奥田　彩希
京都府　12歳　中学校1年

おとうさんへ

またこんどって
いつまでまったらこんどになるん

小寺　双葉
京都府　6歳　幼児学園年長

妻へ

元気に金婚を迎え、
時が似たもの夫婦にしてくれました。
もう暫く一緒にいような。

小林　茂雄
京都府　80歳

四歳の自分へ

可愛いと言われてると思いますが、
十年後は父しか言ってくれませんよ。

林　夢芽
京都府　14歳　中学校3年

ご両親へ

僕は生まれた頃に比べて大きくなったよ。
その分、態度も大きくなったけれどね。

藤巻　彰太
京都府　12歳　小中学校7年

息子へ

頼まれた時間に起こしたのに、
後10分寝かせろと言う。
はじめから10分後でええやんか。

松尾　美穂
京都府　54歳　派遣社員

いそがしいママへ

ママ、ぼく小学生になったから
一人で帰れるし、
ゆっくり歩いて帰って来てな。

みぞ口　大ら
京都府　7歳　小中学校2年

ママへ

ママがかみのけをきってくれた。
あのとき、ぼくは、こまっていたんだ
「きりすぎだよ。」

天草　悠都
大阪府　6歳　幼稚園

パパへ

あの時、パパに
「有難う」と言えなかった。
言えば最後と悟られるから。

大北 明子
大阪府 66歳

お父さんへ

あの時、使った
「一生のお願い」
取り消して下さい

奥本　ひなた
大阪府　13歳　中学校2年

星になったじーちゃんへ

（お前はいい酒飲みになる）
じーちゃんの口癖、
私が二十歳になったら
1日帰ってきてね

古路　友梨佳
大阪府　16歳　高校1年

嫁はんへ

十九の君が時の流れと共に
母親そしておばあちゃんに。
けど思う。今が一番タイプやで。

後藤　豊
大阪府　64歳　自営業

妻へ

ご飯をこぼした途端に鋭い視線。
こんな時ばっかりやなしに、
もっとええ時も見といて。

竹下　守雄
大阪府　72歳

息子へ

「今やるつもりやった。」って。
君の時間軸「今」、長くない？

中井　夕紀
大阪府　40歳　パート

パパへ

あの時は
パパと結こんするって言ってたけど、
パパよりもっといい人を見つけるね。

中尾　莉愛
大阪府　10歳　小学校5年

お父さんへ

お父さんが亡くなって十六年。
新しいお父さんができて、
お母さんは元気にしてるよ。

冷水　星来
大阪府　17歳　高校3年

お父さんになった息子へ

私の可愛い孫を
そんなに怒らんでもええやろ！
あなたも同じことをしていたんだからね。

山田　幸夫
大阪府　74歳　高校非常勤講師

長くお付き合いいただいたあなたへ

余生とは、
あなたと話し、あなたを想い、
あなたと別れるための時間です。

渡辺　廣之
大阪府　70歳

孫たちへ

生まれた時から
おばあちゃんだった訳じゃないの。
君たちと同じ年の時もあったんだよ。

阿江　美穂
兵庫県　71歳

あなたへ

「あけみ」と初めて呼ばれてから五十年。
今も変わらない
あなたの呼び声が好きです。

今村　明美
兵庫県　80歳　主婦

先生へ

ごめんなさい。
みんなが見ているのは
先生でも黒板でもなく、
その上の時計です。

植村　咲生
兵庫県　14歳　中学校2年

マイペースな夫へ

私「時間がない！」
夫「鞄の中は探した？」
朝からそんなボケはいらん。
家事手伝って！

大恵　やすよ
兵庫県　40歳　主婦

愛する妻へ

41年前に戻っても、
君と結婚していたかどうかだって？
とてもいい質問だ。

木村　武雄
兵庫県　70歳

母へ

認知症と診断された時
「何とかなるよ」と、
あなたは笑った。
ほんと、何とかなったね。

坪井　文恵
兵庫県　69歳　主婦

お母さんへ

親孝行できないことを詫びると
親孝行は三歳までにしてもらっているよと
母は笑っていた

野崎 輝康
兵庫県 80歳

おじいちゃんへ

子どもの頃
祖父の手作り弁当が恥ずかしくて
隠すように食べた。
ごめんね、おじいちゃん

野崎　眞奈美
兵庫県　58歳　主婦

お母さんへ

さっきまで声、
鬼だったのに
電話に出た瞬間
天使になるのなんで？

東嶋　凛空
兵庫県　13歳　中学校2年

愛するあなたへ

出会った頃そっと手をつなぐの
ドキドキしたけど
今はぎゅっとにぎって安心するね。

平野 まゆみ
兵庫県 51歳

時の流れへ

止まってとか進んでとか
身勝手なお願いをしてきましたが
もうお任せすることにします。

安井　順子
兵庫県　66歳　主婦

小学生だった頃の自分へ

あの時、
君がこわかった
みんなの視線は、
思ってたより
温かいものだったよ。

渡邉　祈莉
兵庫県　13歳　中学校2年

駅で助け合う人達へ

「席どうぞ」と譲る人をよく見る。
この時間が温かくて幸せになる。
私も席譲ります。

前田　悠里
奈良県　19歳　大学1年

母へ

昔に戻りたいと思わないという母。
今、僕と弟がいて幸せだからという。
僕もそうだよ。

浅井　虎太朗
和歌山県　12歳　中学校1年

亡き母へ

「ありがとう。
もう頑張らなくていいよ。」で、
時を終えさせて
良かったのでしょうか。

池田　光子
和歌山県　66歳

おかあへ

「小さい時は可愛かった」って言うけど、
今の事は何も言わんね？
時の流れは恐ろしいね

片岡　琉加
和歌山県　15歳　中学校3年

弟へ

いぶきがうまれたとき
「えっへん　おねえちゃんだ」って
おもったよ

秦　凛歩
和歌山県　5歳　保育園年中

35年前の息子へ

君が「銀のかたまり」と言って
大切にしまっていたもの。
あれは仁丹でした。

山下　雅子
和歌山県　67歳　主婦

母さんへ

認知症になって、
楽しかった時の事しか思い出さない
母さんを見るのはなんか嬉しい。

角森　玲子
島根県　55歳　自営業

おかあさんへ

おやつのじかんと
おかあさんといっしょにねるじかん。
これがぼくのすきなじかんだよ。

水上　侑真
島根県　6歳　小学校1年

天国のじいちゃんへ

ばあちゃんの涙を止める薬は、
何時届きますか。

市田山　瞭太朗
岡山県　22歳　大学4年

天国の父へ

四十七年ぶりに逢えたよね。
母さん頑張ったんだよ。
ギュッと抱きしめてあげてね。

岩本　さちみ
岡山県　68歳　主婦

過去の自分へ

あの時、この曲を聴いてくれてありがとう。
おかげでいつでもあの時に戻れちゃうよ。

片島　真理衣
広島県　26歳　会社員

幼なじみへ

昔、「好き」って手紙くれたのに、
返事書かなくてごめん。
今でも返事間に合いますか？

武原　寿明
広島県　15歳　中学校3年

席の遠いあなたへ

授業中、君のことを見ていたら、
周りの時が止まったように感じた。
やばいな、私。

古家　祐莉菜
広島県　14歳　中学校3年

お父さんへ

嫁に来て、五十年
私の事、何も知らんだろ、
私はあなたのへそくりのありかを
知ってます

美馬　敏江
徳島県

祐爾さんへ

十五年は短いよ。
まさかの置いてけぼり。
時が戻るなら
あの朝出かける貴方を止めたい。

田井　美由紀
香川県　43歳

妻へ

あの頃は、
一緒にいると時のたつのを忘れた。
今は、君から頼まれた買い物を忘れるよ。

二宮　史郎
愛媛県　55歳　自営業

お母さんへ

4さいまでお母さんのこと好きだったけど、
12さいの今、好きな子できました。

永石　瑛士
福岡県　12歳　中学校1年

抜け落ちる我が頭髪へ

まだ諦める時じゃない。
君にも意地ってものがあるだろ？
死ぬ気でしがみついてみろよ。

中村　裕子
福岡県　60歳　パート

おやつ大好き4歳の娘へ

「ママ。3時がいっぱい
あったらいいのにね」
気持ちはわかるが食べよっか。
夕ご飯。

西　有加
長崎県　35歳　主婦

恋人から夫になる人へ

ゴールドのペアリング
錆(さ)びちゃったけん、
ここらでプラチナリングどう？
左手薬指(ひだりてくすりゆび)に。

安永　美砂
長崎県　29歳　高校教員

お姉ちゃんへ

喧嘩する度、
私のケーキ食べたの許してない！
って言うのやめてよ。
もう10年経つんだよ

渡部　ひとみ
宮崎県　17歳　高校2年

お母さんへ

いじめられて帰ってきた時、
いじめをする人がかわいそうなんだよ
の一言で救われたよ。

植村　小枝
沖縄県　52歳　教員

お父さんへ

朝起こす時、
嘘の時間を言うのはやめて。
知ってて寝てるから。

島袋　夢菜
沖縄県　12歳　中学校1年

天ごくのばあばへ

ばあばがくれた色えんぴつが
もうすぐなくなるよ。
わたし、絵かきさんになるよ。

安達　琴音
カナダ　7歳　補習授業校2年

八さいのママへ

好きなものは何ですか。
毎日ママにおこられていますか。
いっしょにあそびたいな。

宮下　夏葵
カナダ　8歳　補習授業校2年

総評

選考委員　小室　等

ほとんど肝心なところは各選考委員のみなさんが選評で取り上げていますので、ちょっとずつ僕の目についたところをお話します。

大賞の「今年亡くなった祖父へ」は、火葬場から帰る車中という設定。火葬場に往く時の時間と帰る時の時間というのは、同じ時間なのに別のものなんですよね。火葬場から帰る時に日菜さんは膝の上に乗っている爺ちゃんのことをいろいろ考える。それは火葬場に行く時に感じていた時間とは全然違う意味の時間が、誰も入り込むことのできないかけがえのない「時間」が流れていたんだなぁと思いました。

秀作の「日本の義父母へ」は、初めて接した外国人のお話です。外国から来た方が日本の中でうまくやっていけるかというと、そう簡単でもないと思う。ちょっと昨日の選考会のあとの夕食時の話をしてみます。配膳サービスしたスタッフがスリランカ人の男女でどちらも日本語がうまい、僕よりも。そういう方と接することができたことをいいなと思いました。尾島亜文さんに戻ります。初めての嫁が外国人、19年経てみて、どう？悪くないでしょ？って言ってのける亜文さん、まったく悪くない。さらに、亜文さんのお名前、アジアの「亜」に文化の「文」と書いて自分の名前を読ませたっていうのも、亜文さんのこの地で生きてゆく意思と心意気を感じて、気に入りました。

同じく秀作の「妻へ」。僕の妻も最近時々手を繋いでくれるんですよ。どういうことかなとその都度思うんですけど、この手紙で分かりました。竹下守雄さん、転倒防止だったんですね(笑)

在原登喜子さんの「天国の父さんへ」も大好きな作品。20年待ちくたびれた父さん、でも母さんまだ当分そっちへ行かない、だって彼氏ができたらしい。

何よりも大好きだったのは、山口結衣ちゃんの「ままへ」。僕が一人でこの賞を出していたら、大賞なんだけどな。みたいなこといろいろと思いました。

ですので、これが総評に変わるとは思っていません。反省しつつ終わります。

（入賞者発表会講評より要約）

あとがき

その時は、突然に訪れました。令和六年一月一日、午後四時一〇分、震度七の大きな被害をもたらした、能登半島地震です。この地震により亡くなられた方々に心からお悔やみ申し上げるとともに、被災された皆様にお見舞い申し上げます。

このような事が起こると、あの日、あの時「ああしていれば」「こうしていれば」と、時を戻したい思いになるものです。

「時」は、良いことも悪いことも、今を過去のものにしていき、それは、思い出や記憶となっていきます。一方で、「時」は、夢や希望、願いなどの実現に未来へと繋いでくれます。

その様な「時」に、三万四〇六七通のお手紙をいただきました。ご応募いただいた皆様に、心から感謝申し上げます。

たくさんの「時」の一次選考に携わっていただいたのは、住友グループ広報委員会の皆様です。静寂な時の流れに身を任せながら、心に響く作品との出会いを楽しんでいるようでした。

最終選考会は、テレビでお馴染みのパックンこと、パトリック・ハーランさんがゲスト選考委員として加わり、小室等さんのまとめ役のもと、佐々木幹郎さん、宮下奈都さん、夏井いつきさん、長澤修一さんは、「時」の物語に心を動かされ、時に涙しながら、時を忘れての選考会でした。

そして、坂井市丸岡町出身の山本時男氏が代表取締役を務める、株式会社中央経済社・中央経済グループパブリッシングの皆様の本書の出版、並びに付帯する出版業務のすべてお引き受けいただいたことや、日本郵便株式会社、住友グループ広報委員会、坂井青年会議所の皆様のご協力ご支援のお陰であり、心からの感謝とお礼を申し上げ、結びとします。

令和六年四月

公益財団法人　丸岡文化財団

理事長　田中　典夫

日本一短い手紙「時」　第31回一筆啓上賞
二〇二四年四月三〇日　初版第一刷発行

編集者――公益財団法人丸岡文化財団
発行者――山本憲央
発行所――株式会社中央経済社
発売元――株式会社中央経済グループパブリッシング
〒一〇一－〇〇五一
東京都千代田区神田神保町一－三五
電話〇三－三二九三－三三七一（編集代表）
〇三－三二九三－三三八一（営業代表）
https://www.chuokeizai.co.jp
印刷・製本――株式会社　大藤社
編集協力――辻新明美

＊頁の「欠落」や「順序違い」などがありましたらお取り替えいたしますので発売元までご送付ください。（送料小社負担）
© MARUOKA Cultural Foundation 2024
Printed in Japan

ISBN978－4－502－50371－9　C0095

第３集
本体1,500円＋税

オール
カラー
64頁

日本一短い手紙と
かまぼこ板の絵の物語

福井県坂井市「日本一短い手紙」愛媛県西予市「かまぼこ板の絵」

ふみと♪絵の♪コラボ作品集

第１集・第２集
本体1,429円＋税

四六判・236頁
本体1,000円＋税

四六判・222頁
本体1,000円＋税

四六判・236頁
本体1,000円＋税

四六判・216頁
本体1,000円＋税

四六判・236頁
本体1,000円＋税

四六判・162頁
本体900円＋税

四六判・160頁
本体900円＋税

四六判・162頁
本体900円＋税

四六判・178頁
本体900円＋税

四六判・184頁
本体900円＋税

四六判・258頁
本体900円＋税

四六判・210頁
本体900円＋税

四六判・216頁
本体1,000円＋税

四六判・206頁
本体1,000円＋税

四六判・218頁
本体1,000円＋税

四六判・196頁
本体1,000円＋税

一筆啓上賞

「日本一短い手紙」

公益財団法人 丸岡文化財団 編

シリーズ好評発売中

四六判・244頁
本体1,100円＋税

四六判・240頁
本体1,000円＋税

四六判・216頁
本体1,000円＋税

四六判・208頁
本体1,200円＋税

四六判・226頁
本体1,000円＋税

四六判・216頁
本体1,000円＋税

四六判・168頁
本体900円＋税

四六判・220頁
本体900円＋税

四六判・188頁
本体1,000円＋税

四六判・198頁
本体900円＋税

四六判・184頁
本体900円＋税

四六判・186頁
本体900円＋税

四六判・224頁
本体1,000円＋税

四六判・216頁
本体1,000円＋税